横井初恵句集

帰り花

青磁社

へうたんの中の朧の花の声

櫂

帰り花＊目次

序句　長谷川櫂　001

一　007
二　021
三　035
四　077
五　121
六　167

あとがき　201

季語索引　202
初句索引　212

横井初恵句集

帰り花

一

髪剃つて我も仏弟子望の月

秋澄むや病名ずばり告げられて

あと三日遺書認める夜長かな

来年は仰がぬ月を仰ぎけり

かかるまで愛されてゐる月夜かな

明日手術月光とはに美しく

病苦また弥陀のはからひ秋の月

俳句道仏道ひとつけふの月

満月のやうに呆けし人となり

闘病の子らも吾らもけふの月

月光の地蔵となりて我死なん

二

大旦句の大道へ踏み出でん

病児らの寿ぐ初日燦燦と

はひつくばる薺を摘んで薺粥

疲れたる胃を養へや薺粥

七草の緑のやうな句を詠まん

年の神こごよりござれ注連飾る

あらめでた雑煮の餅の伸びに伸ぶ

初鳥一羽と見ればもう一羽

楽しんでこの道を行く大旦

一句一句ことば立てたり松飾

上松美智子句集『松』

職退いて家事するも幸小豆粥

三

大根を押し上げてゐる春の土

啓蟄やわが水虫も動き出す

白菜のど真中より茎立ちぬ

うぐひすに目覚めてうれし日曜日

遊びつつ掘りし田螺を夕の膳

雪解水もんどりうつて山下る

庭に摘みさらりと揚げて蕗の薹

打ち返すテニスボールの音も春

わが庭に萌ゆる三つ葉を吸ひ口に

我が刻み母が練りたる蕗の味噌

練り上げてかくもわづかや蕗の味噌

耕すや八十路の母の背を追ひ

耕すと言へど二坪母の城

さきがけて襖はしだれ桜かな

門川を奔るや比良の雪解水

初めての句会楽しや春来る

初花や神代桜朽ちながら

耐へ抜いてけふ豌豆の花一つ

名を呼べば河馬が鼻出す春の水

遊びゐる蝶の形に干菓子かな

朧なる夜の原発煙吐く

春の土いぢりて何もかも忘る

遍路杖かたはらに置き蕨摘む

手折りつつ目をやる次の蕨かな

しばらくは吾も雛の国の人

総入歯しやきしやきうれし水菜かな

今一度母の大きな彼岸餅

蝌蚪一つ右へ泳げばみな右へ

吾らみなやがては春の塵ならん

若布刈る住職にして漁師かな

蕨採り売って帳面買ひし頃

蜂の子を木綿針もてつまみ出す

のどけしや男女混合草野球

ゆくゆくはここに眠らん甘茶寺

淀川を越せば梅田や春らしく

春闘妥結一工員に戻りけり

等伯の大涅槃図やみな命

花蘇枋この家を買ふ決断す

せはしなく春来て春は行きにけり

四

涼しさや何もかも捨て引越す

子燕の飛ぶをどこかで親守る

子燕に空面白く恐ろしく

速達で届く初摘み新茶かな

ふるさとの山河ひろがる新茶かな

一畝は全部苺よ子らを待つ

下宿あり昔のままに若葉かな

草笛や一人が吹けばもう一人

鉄線やある時忽と花五つ

歳時記で知って蚕豆焼いてみる

蚕豆に隠し包丁入れにけり

薫風に退散したり無精神

高層に住むや大夕焼の中

長刀鉾は女人禁制あら無念

素戔嗚尊の力鉾や立つ

山百合を抱へて花粉まみれなり

背戸山のかの楊梅の熟るる頃

蕗の葉も捨てずことこと佃煮に

まだ残る笹の香りや鉾粽

いちはやく立ちて涼しや函谷鉾

わが結ひし紙垂もあるらん凾谷鉾

竹皮を脱ぐや瑞々しき一句

谷間より湧きて厨も蛍かな

瀬戸内の夕焼を舟のさかのぼる

錐立てて鰻を捌く母強し

祭すみて二匹残りし金魚かな

一匹を追うて一匹金魚死す

梅干すや家の笊籠総動員

蟬しぐれ真只中にゐて閑か

河原にバラックの家瓜の花

この星の嘆き聞こゆる大暑かな

雑草と野菜共存トマト挽ぐ

横たはるお化け胡瓜や草の中

III

手に団扇宿題さすも一仕事

小気味よき音や夫が鰺たたく

青蚊帳に入れば家族のあるごとく

帰り着く大阪駅の溽暑かな

自由自在に泳ぐ海月を見て飽かず

夕涼みものは言はねど横に夫

夫とゐて豊かな黙や土手涼み

湯引きして鱧は真白き花となれ

五

大西瓜弥陀に全てをお任せす

新涼の眼鏡丸ごと洗ひけり

屋上に患者も医者も大文字

点されてすつくと立ちぬ鳥居形

大文字あかあかとわが護摩木炎ゆ

送り火や京都すなはち大霊場

猫のため少し小さく茄子の牛

手を振つて母帰りゆく瓜の馬

厨ごと終へてこれよりわが夜長

底紅や母の遺せし句を写す

朝顔を見遣りて夫は出勤す

白木槿きのふの花を掃いてをり

女郎花佳き人そこに立つごとく

一日はをんなの一生白芙蓉

道問うて茄子とかまきりもらひけり

いざようて大きな月や湖の上

包丁を入れれば真白秋茄子

甘酢漬めうがは花も捨てがたく

ぴちぴちの鰯をすぐに裂膾

紫蘇の実を炊くや香りに咽びつつ

酒やめてつくづく旨き甘藷かな

秋暑し草刈機また唸り出す

初秋や豆腐の味のわかる齢

妻のため庭に咲かせし秋桜

相部屋となりしも月の縁かな

鹿せんべい放りて逃げる子どもかな

老鹿の坐して動かず店の前

親方と若者二人松手入

とんぼうの入りて出てゆく法話かな

秋晴や腹の底より経を誦す

栗の飯今朝の散歩で拾ひ来て

新走からきし弱くなりたれど

とととと升に溢るる今年酒

咲き継いで今朝の朝顔みな小さし

秋の蝶金比羅さんを上り切る

持つてけと芒の苞と山の芋

柿剥いて吊してあとは天まかせ

名月の三井寺何と二万坪

お隣の屋根に猿来る豊の秋

七十のすつからかんや秋茄子

石載せて洗ふ障子やせせらぎに

昼網のべらも笠子も秋日和

丹波路の一駅ごとに秋惜しむ

六

小春日の母居眠りぬ猫もまた

千鳥とぶ昔ここいら難波潟

山住みに馴れけり山の時雨にも

友ならんこんなところに返り花

やはらかな小春の青菜抜きにけり

俳友の輪の中にゐて年忘れ

小春日や蚤とられゐる猿の顔

龍の玉龍太の紺でありにけり

わが庭の柚子もぷかりと冬至湯に

柚子湯出て卒寿の母の美しく

山の幸わんさと熊は眠りをり

ありがたしお斎の汁も報恩講

冬の虹八百屋に着けば消えてをり

水仙や娘いつしか主婦の顔

下校の子あたつていけや落葉焚

朝焚火見知らぬ犬の加はりぬ

手袋の手のもたもたと鍵探る

木喰の閻魔の笑ふ冬の山

億年を平気で生きて海鼠かな

やうやつと山家に届く冬日かな

百合鷗かつて汚れし川なるに

炬燵猫恋の句なりと詠んでみよ

茶の花や唇にふと化石の句

すっきりと女人醸しぬ寒造

今すこし友と語らん冬の梅

カトレアの一花にかける命かな

暖房の効いて法話のとろとろと

牡蠣舟や障子開ければ中之島

鬼貫を伊丹に訪へば寒造

鶴が機織るごと母は句に対ふ

数ふるをとうにあきらめ年の豆

あとがき

この度病を得て急遽句集を編むことにしました。未熟な句集ですが、娘たちに残したい一心でした。

選と序句を賜った長谷川前主宰に心よりお礼を申し上げます。

日頃ご指導頂いている大谷主宰、句友の皆様ありがとうございました。

出版に当っては青磁社の永田淳様、装幀の仁井谷伴子様にお世話になりました。

多くの方々に支えられ命をつなぐことができました。

感謝あるのみです。

平成三十年二月

横井　初恵

季語索引

あ行

秋惜しむ【あきおしむ】（秋）
丹波路の一駅ごとに秋惜しむ　一六五
秋澄む【あきすむ】（秋）
秋澄むや病名ずばり告げられて　一〇
秋茄子【あきなす】（秋）
七十のすつからかんや秋茄子　一六二
包丁を入れれば真白秋茄子　一三九
秋の蝶【あきのちょう】（秋）
秋の蝶金比羅さんを上り切る　一五七
秋晴【あきばれ】（秋）
秋晴や腹の底より経を誦す　一五二
昼網のべらも笠子も秋日和　一六四
朝顔【あさがお】（秋）
朝顔を見遣りて夫は出勤す　一三三
咲き継いで今朝の朝顔みな小さし　一五六
鰺【あじ】（夏）
小気味よき音や夫が鰺たたく　一一三
小豆粥【あずきがゆ】（新年）
職退いて家事するも幸小豆粥　三三
甘茶【あまちゃ】（春）
ゆくゆくはここに眠らん甘茶寺　七〇
十六夜【いざよい】（秋）
いざようて大きな月や湖の上　一三八
苺【いちご】（夏）
一畝は全部苺よ子らを待つ　八四
鰯【いわし】（秋）
ぴちぴちの鰯をすぐに裂膾　一四一
鶯【うぐいす】（春）
うぐひすに目覚めてうれし日曜日　四〇
団扇【うちわ】（夏）
手に団扇宿題さすも一仕事　一一二
鰻【うなぎ】（夏）

錐立てて鰻を捌く母強し　一〇三
梅干【うめぼし】（夏）
梅干すや家の笊籠総動員　一〇六
瓜の花【うりのはな】（夏）
河原にバラックの家瓜の花　一〇八
炎暑【えんしょ】（夏）
帰り着く大阪駅の溽暑かな　一一五
お玉杓子【おたまじゃくし】（春）
蝌蚪一つ右へ泳げばみな右へ　六四
朧【おぼろ】（春）
朧なる夜の原発煙吐く　五七
女郎花【おみなえし】（秋）
女郎花佳き人そこに立つごとく　一三五

か行

帰り花【かえりばな】（冬）
友ならんこんなところに返り花　一七二
牡蠣船【かきぶね】（冬）
牡蠣舟や障子開ければ中之島　一九六
かじけ猫【かじけねこ】（冬）
炬燵猫恋の句なりと詠んでみよ　一九〇
風薫る【かぜかおる】（夏）
薫風に退散したり無精神　九〇
門松【かどまつ】（新年）
一句一句ことば立てたり松飾　三二
カトレア【かとれあ】（冬）
カトレアの一花にかける命かな　一九四
蟷螂【かまきり】（秋）
道問うて茄子とかまきりもらひけり　一三七
蚊帳【かや】（夏）
青蚊帳に入れば家族のあるごとく　一一四
元日【がんじつ】（新年）
大旦句の大道へ踏み出でん　二三
楽しんでこの道を行く大旦　三一
寒造【かんづくり】（冬）
鬼貫を伊丹に訪へば寒造　一九七

すつきりと女人醸しぬ寒造　一九二

祇園会【ぎおんえ】（夏）
いちはやく立ちて涼しや函谷鉾　九八
素戔嗚尊の力鉾や立つ　九三
長刀鉾は女人禁制あら無念　九二
まだ残る笹の香りや鉾粽　九七
わが結ひし紙垂もあるらん函谷鉾　九九

胡瓜【きゅうり】（夏）
横たはるお化け胡瓜や草の中　一一一

金魚【きんぎょ】（夏）
一匹を追うて一匹金魚死す　一〇五
祭すみて二匹残りし金魚かな　一〇四

茎立【くくたち】（春）
白菜のど真中より茎立ちぬ　三九

草笛【くさぶえ】（夏）
草笛や一人が吹けばもう一人　八六

熊【くま】（冬）
山の幸わんさと熊は眠りをり　一七九

水母【くらげ】（夏）
自由自在に泳ぐ海月を見て飽かず　一一六

栗飯【くりめし】（秋）
栗の飯今朝の散歩で拾ひ来て　一五三

啓蟄【けいちつ】（春）
啓蟄やわが水虫も動き出す　三八

コスモス【こすもす】（秋）
妻のため庭に咲かせし秋桜　一四六

小春【こはる】（冬）
小春日の母居眠りぬ猫もまた　一六九
小春日や蚤とられゐる猿の顔　一七五
やはらかな小春の青菜抜きにけり　一七三

さ行

甘藷【さつまいも】（秋）
酒やめてつくづく旨き甘藷かな　一四三

残暑【ざんしょ】（秋）
秋暑し草刈機また唸り出す　一四四

鹿【しか】（秋）
老鹿の坐して動かず店の前　一四九
鹿せんべい放りて逃げる子どもかな　一四八
時雨【しぐれ】（冬）
山住みに馴れけり山の時雨にも　一七一
紫蘇の実【しそのみ】（秋）
紫蘇の実を炊くや香りに咽びつつ　一四二
枝垂桜【しだれざくら】（春）
さきがけて襖はしだれ桜かな　五〇
自然薯【じねんじょ】（秋）
持つてけと芒の苞と山の芋　一五八
注連飾る【しめかざる】（冬）
年の神ここよりござれ注連飾る　二八
春闘【しゅんとう】（春）
春闘妥結一工員に戻りけり　七二
障子貼る【しょうじはる】（秋）
石載せて洗ふ障子やせせらぎに　一六三
新酒【しんしゅ】（秋）
新走からきし弱くなりたれど　一五四
とととと升に溢るる今年酒　一五五
新茶【しんちゃ】（夏）
速達で届く初摘み新茶かな　八二
ふるさとの山河ひろがる新茶かな　八三
新涼【しんりょう】（秋）
新涼の眼鏡丸ごと洗ひけり　一二四
西瓜【すいか】（秋）
大西瓜弥陀に全てをお任せす　一二三
水仙【すいせん】（冬）
水仙や娘いつしか主婦の顔　一八二
涼し【すずし】（夏）
涼しさや何もかも捨て引越しす　七九
納涼【すずみ】（夏）
夫とゐて豊かな黙や土手涼み　一一八
夕涼みものは言はねど横に夫　一一七
蟬【せみ】（夏）
蟬しぐれ真只中にゐて閑か　一〇七

雑煮【ぞうに】（新年）
あらめでた雑煮の餅の伸びに伸ぶ　二九
蚕豆【そらまめ】（夏）
歳時記で知つて蚕豆焼いてみる　八八
蚕豆に隠し包丁入れにけり　八九

た行

大暑【たいしょ】（夏）
この星の嘆き聞こゆる大暑かな　一〇九
大文字【だいもんじ】（秋）
屋上に患者も医者も大文字　一二五
送り火や京都すなはち大霊場　一二八
大文字あかあかとわが護摩木炎ゆ　一二七
点されてすつくと立ちぬ鳥居形　一二六
耕【たがやし】（春）
耕すと言へど二坪母の城　四九
耕すや八十路の母の背を追ひ　四八
焚火【たきび】（冬）
朝焚火見知らぬ犬の加はりぬ　一八四
下校の子あたつていけや落葉焚　一八三
竹の皮脱ぐ【たけのかわぬぐ】（夏）
竹皮を脱ぐや瑞々しき一句　一〇〇
田螺【たにし】（春）
遊びつつ掘りし田螺を夕の膳　四一
暖房【だんぼう】（冬）
暖房の効いて法話のとろとろと　一九五
千鳥【ちどり】（冬）
千鳥とぶ昔ここいら難波潟　一七〇
茶の花【ちゃのはな】（冬）
茶の花や唇にふと化石の句　一九一
蝶【ちょう】（春）
遊びゐる蝶の形に干菓子かな　五六
月【つき】（秋）
相部屋となりしも月の縁かな　一四七
明日手術月光とはに美しく　一四
かかるまで愛されてゐる月夜かな　一三

月光の地蔵となりて我死なん　一九
病苦また弥陀のはからひ秋の月　一五
来年は仰がぬ月を仰ぎけり　一二
燕の子【つばめのこ】（夏）
子燕に空面白く恐ろしく　八一
子燕の飛ぶをどこかで親守る　八〇
鶴【つる】（冬）
鶴が機織るごと母は句に対ふ　一九八
吊し柿【つるしがき】（秋）
柿剥いて吊してあとは天まかせ　一五九
鉄線花【てっせんか】（夏）
鉄線やある時忽と花五つ　八七
手袋【てぶくろ】（冬）
手袋の手のもたもたと鍵探る　一八五
年忘【としわすれ】（冬）
俳友の輪の中にゐて年忘れ　一七四
トマト【とまと】（夏）
雑草と野菜共存トマト捥ぐ　一一〇
蜻蛉【とんぼ】（秋）
とんばうの入りて出てゆく法話かな　一五一

な行

茄子の馬【なすのうま】（秋）
手を振つて母帰りゆく瓜の馬　一三〇
猫のため少し小さく茄子の牛　一二九
七種【ななくさ】（新年）
疲れたる胃を養へや薺粥　二六
七草の緑のやうな句を詠まん　二七
はひつくばる薺を摘んで薺粥　二五
海鼠【なまこ】（冬）
億年を平気で生きて海鼠かな　一八七
涅槃会【ねはんえ】（春）
等伯の大涅槃図やみな命　七三
長閑【のどか】（春）
のどけしや男女混合草野球　六九

は行

蜂の仔【はちのこ】（春）
蜂の子を木綿針もてつまみ出す　六八
初秋【はつあき】（秋）
初秋や豆腐の味のわかる齢　一四五
初鴉【はつがらす】（新年）
初鳥一羽と見ればもう一羽　三〇
初花【はつはな】（春）
初花や神代桜朽ちながら　五三
初日【はつひ】（新年）
病児らの寿ぐ初日燦燦と　二四
花蘇枋【はなすおう】（春）
花蘇枋この家を買ふ決断す　七四
鱧【はも】（夏）
湯引きして鱧は真白き花となれ　一一九
春【はる】（春）
打ち返すテニスボールの音も春　四四
淀川を越せば梅田や春らしく　七一
春の塵【はるのちり】（春）
吾らみなやがては春の塵ならん　六五
春の土【はるのつち】（春）
大根を押し上げてゐる春の土　三七
春の土いぢりて何もかも忘る　五八
春の水【はるのみず】（春）
名を呼べば河馬が鼻出す春の水　五五
彼岸会【ひがんえ】（春）
今一度母の大きな彼岸餅　六三
雛祭【ひなまつり】（春）
しばらくは吾も雛の国の人　六一
蕗【ふき】（夏）
蕗の葉も捨てずことこと佃煮に　九六
蕗の薹【ふきのとう】（春）
庭に摘みさらりと揚げて蕗の薹　四三
蕗味噌【ふきみそ】（春）
練り上げてかくもわづかや蕗の味噌　四七

我が刻み母が練りたる蕗の味噌　四六
冬の梅【ふゆのうめ】（冬）
今すこし友と語らん冬の梅　一九三
冬の虹【ふゆのにじ】（冬）
冬の虹八百屋に着けば消えてをり　一八一
冬の日【ふゆのひ】（冬）
やうやつと山家に届く冬日かな　一八八
冬の山【ふゆのやま】（冬）
木喰の閻魔の笑ふ冬の山　一八六
芙蓉【ふよう】（秋）
一日はをんなの一生白芙蓉　一三六
報恩講【ほうおんこう】（冬）
ありがたしお斎の汁も報恩講　一八〇
豊年【ほうねん】（秋）
お隣の屋根に猿来る豊の秋　一六一
蛍【ほたる】（夏）
谷間より湧きて厨も蛍かな　一〇一

ま行

松手入【まつていれ】（秋）
親方と若者二人松手入　一五〇
豆の花【まめのはな】（春）
耐へ抜いてけふ豌豆の花一つ　五四
豆撒【まめまき】（冬）
数ふるをとうにあきらめ年の豆　一九九
水菜【みずな】（春）
総入歯しやきしやきうれし水菜かな　六二
三つ葉【みつば】（春）
わが庭に萌ゆる三つ葉を吸ひ口に　四五
都鳥【みやこどり】（冬）
百合鷗かつて汚れし川なるに　一八九
茗荷の花【みょうがのはな】（秋）
甘酢漬めうがは花も捨てがたく　一四〇
木槿【むくげ】（秋）
白木槿きのふの花を掃いてをり　一三四

底紅や母の遺せし句を写す　一三二

名月【めいげつ】（秋）
髪剃つて我も仏弟子望の月　九
闘病の子らも吾らもけふの月　一八
俳句道仏道ひとつけふの月　一六
満月のやうに呆けし人となり　一七
名月の三井寺何と二万坪　一六〇

や行

楊梅【やまもも】（夏）
背戸山のかの楊梅の熟るる頃　九五

夕焼【ゆうやけ】（夏）
高層に住むや大夕焼の中　九一
瀬戸内の夕焼を舟のさかのぼる　一〇二

雪解【ゆきげ】（春）
門川を奔るや比良の雪解水　五一
雪解水もんどりうつて山下る　四二

行く春【ゆくはる】（春）
せはしなく春来て春は行きにけり　七五

柚子湯【ゆずゆ】（冬）
柚子湯出て卒寿の母の美しく　一七八
わが庭の柚子もぷかりと冬至湯に　一七七

百合【ゆり】（夏）
山百合を抱へて花粉まみれなり　九四

夜長【よなが】（秋）
あと三日遺書認める夜長かな　一一
厨ごと終へてこれよりわが夜長　一三一

ら行

立春【りっしゅん】（春）
初めての句会楽しや春来る　五二

竜の玉【りゅうのたま】（冬）
龍の玉龍太の紺でありにけり　一七六

わ行

若葉【わかば】（夏）

下宿あり昔のままに若葉かな　八五

若布刈る【わかめかる】（春）

若布刈る住職にして漁師かな　六六

蕨【わらび】（春）

手折りつつ目をやる次の蕨かな　六〇

遍路杖かたはらに置き蕨摘む　五九

蕨採り売つて帳面買ひし頃　六七

初句索引

あ

相部屋と　一四七
青蚊帳に　一一四
秋暑し　一四四
秋澄むや　一〇
秋の蝶　一五七
秋晴や　一五二
朝顔を　一三三
朝焚火　一八四
明日手術　一四
遊びゐる　五六
遊びつつ　四一
あと三日　一一
甘酢漬　一四〇
新走　一五四
あらめでた　二九
ありがたし　一八〇

い

いざようて　一三八
石載せて　一六三
一日は　一三六
いちはやく　九八
一句一句　三二
一匹を　一〇五
今一度　六三
今すこし　一九三

う

うぐひすに　四〇
打ち返す　四四
梅干すや　一〇六

お

老鹿の　一四九
大旦　二三
大西瓜　一二三
屋上に　一二五
億年を　一八七
送り火や　一二八
お隣の　一六一
鬼貫を　一九七
朧なる　五七
女郎花　一三五
親方と　一五〇

か

帰り着く　一一五
かかるまで　一三
牡蠣舟や　一九六

柿剥いて　一五九
数ふるを　一九九
門川を　五一
蝌蚪一つ　六四
カトレアの　一九四
髪剃つて　九
河原に　一〇八

き

錐立てて　一〇三

く

草笛や　八六
栗の飯　一五三
厨ごと　一三一
薫風に　九〇

け

啓蟄や　三八
下校の子　一八三
下宿あり　八五
月光の　一九

こ

高層に　九一
小気味よき　一一三
炬燵猫　一九〇
子燕に　八一
子燕の　八〇
この星の　一〇九
小春日の　一六九
小春日や　一七五

さ

歳時記で　八八
さきがけて　五〇
咲き継いで　一五六
酒やめて　一四三
雑草と　一一〇

し

鹿せんべい　一四八
紫蘇の実を　一四二
しばらくは　六一
自由自在に　一一六
春闘妥結　七二
職退いて　三三
白木槿　一三四
新涼の　一二四

す

水仙や　一八二
素戔嗚　九三
涼しさや　七九
すつきりと　一九二

せ

瀬戸内の　一〇二
背戸山の　九五
蟬しぐれ　一〇七
せはしなく　七五

そ

総入歯　六二
速達で　八二
底紅や　一三二
蚕豆に　八九

た

大根を　三七
大文字　一二七
耐へ抜いて　五四
手折りつつ　六〇
耕すと　四九
耕すや　四八
竹皮を　一〇〇
谷間より　一〇一
楽しんで　三一
丹波路の　一六五
暖房の　一九五

ち

千鳥とぶ　一七〇
茶の花や　一九一

つ

疲れたる　二六
夫とゐて　一一八
妻のため　一四六
鶴が機　一九八

て

鉄線や　八七
手に団扇　一一二
手袋の　一八五
手を振つて　一三〇

と

等伯の　七三
闘病の　一八
年の神　二八
ととととと　一五五
点されて　一二六
友ならん　一七二
とんぼうの　一五一

な

長刀鉾は　九二
七草の　二七
七十の　一六二
名を呼べば　五五

に

庭に摘み　四三

ね
猫のため　一二九
練り上げて　四七
の
のどけしや　六九
は
俳句道　一六
はひつくばる　二五
俳友の　一七四
白菜の　三九
初めての　五二
蜂の子を　六八
初秋や　一四五
初鳥　三〇
初花や　五三
花蘇枋　七四
春の土　五八
ひ
ぴちぴちの　一四一
一畝は　八四
病苦また　一五
病児らの　二四
昼網の　一六四
ふ
蕗の葉も　九六
冬の虹　一八一
ふるさとの　八三
へ
遍路杖　五九
ほ
包丁を　一三九
ま
まだ残る　九七
祭すみて　一〇四
満月の　一七
み
道問うて　一三七
め
名月の　一六〇
も
木喰の　一八六
持つてけと　一五八
や
山住みに　一七一
山の幸　一七九

山百合を　九四
やはらかな　一七三

ゆ

夕涼み　一一七
雪解水　四二
ゆくゆくは　七〇
柚子湯出て　一七八
湯引きして　一一九
百合鷗　一八九

よ

やうやつと　一八八
横たはる　一一一
淀川を　七一

ら

来年は　一二

り

龍の玉　一七六

わ

我が刻み　四六
わが庭に　四五
わが庭の　一七七
若布刈る　六六
わが結ひし　九九
蕨採り　六七
吾らみな　六五

著者略歴

横井 初恵（よこい　はつえ）

1946 年 静岡県生まれ
2010 年「古志」入会

現住所
〒 666-0112 川西市大和西 4-18-16

古志叢書第五十五篇

句集　帰り花

初版発行日　二〇一八年三月二十日
著　者　横井初恵
定　価　二二〇〇円
発行者　永田　淳
発行所　青磁社
京都市北区上賀茂豊田町四〇―一（〒六〇三―八〇四五）
電話　〇七五―七〇五―二八三八
振替　〇〇九四〇―二―一二四二二四
http://www3.osk.3web.ne.jp/~seijisya/
装　幀　仁井谷伴子
印刷・製本　創栄図書印刷

ISBN978-4-86198-403-7 C0092 ¥2200E